# LES
# DEUX FILLES DE CLOVIS

## PRISONNIÈRES DANS LA TOUR DE NARBONNE

### DRAME HISTORIQUE EN TROIS ACTES MÊLÉ DE COUPLETS

ET SPÉCIALEMENT DESTINÉ

**AUX PENSIONNATS DE JEUNES DEMOISELLES**

## POUR LES EXERCICES PUBLICS

D'UNE

# DISTRIBUTION DES PRIX

## PAR M. L'ABBÉ LAUBIE

PRINCIPAL DU COLLÉGE DE MAGNAC-LAVAL (HAUTE-VIENNE)

---

LIMOGES
*IMPRIMERIE DE CHAPOULAUD FRÈRES*
—
1849

# LES
# DEUX FILLES DE CLOVIS

## PRISONNIÈRES DANS LA TOUR DE NARBONNE

### DRAME HISTORIQUE EN TROIS ACTES MÊLÉ DE COUPLETS

ET SPÉCIALEMENT DESTINÉ

#### AUX PENSIONNATS DE JEUNES DEMOISELLES

## POUR LES EXERCICES PUBLICS

D'UNE

# DISTRIBUTION DES PRIX

## PAR M. L'ABBÉ LAUBIE

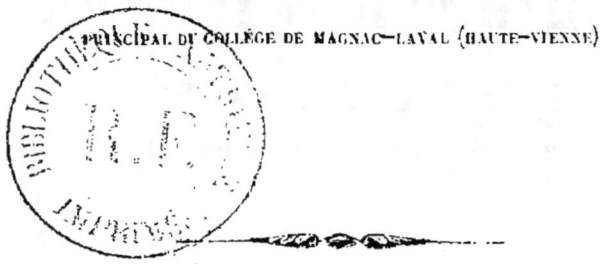

PRINCIPAL DU COLLÉGE DE MAGNAC—LAVAL (HAUTE—VIENNE)

LIMOGES
IMPRIMERIE DE CHAPOULAUD FRÈRES
—
1849

# THÉATRE DU MÊME AUTEUR *.

*Pour les pensionnats de jeunes gens :*

UNE CARAVANE. Deux actes et douze acteurs.
LE CHARPENTIER DE SARDAM. Trois actes et huit acteurs.
CHARLES XII A BENDER. Trois actes et huit acteurs.

*Pour les pensionnats de jeunes demoiselles :*

LA REINE BATHILDE. Deux actes et neuf rôles.
LES DEUX FILLES DE CLOVIS. Trois actes et neuf rôles.

---

Tous ces drames sont historiques et mêlés de couplets. On ne les délivre point par unité, mais par nombre égal, au moins, à celui des rôles, et à raison de 1 franc l'exemplaire. Le prix de chaque exemplaire acheté en sus du nombre précité est réduit à 60 cent. Ainsi seize exemplaires de *la Reine Bathilde* coûtent :

|                                                        | fr. | c. |
|--------------------------------------------------------|-----|-----|
| 1° Les neuf premiers exemplaires, à 1 fr. l'un.....    | 9   | »  |
| 2° Les sept autres, à 60 cent. l'un..............      | 4   | 20 |
| TOTAL............                                      | 13  | 20 |

La musique des couplets est autographiée séparément. On l'ajoute, sans augmentation de prix, à tous les huit exemplaires des drames.

Le tout est expédié *franco*, par la poste, à domicile. Ecrire directement à M. l'abbé LAUBIE, à Magnac-Laval (Haute-Vienne), et joindre un mandat sur la poste.

*(Affranchir.)*

---

* Ancien Principal du collége de Treignac.

# LES
# DEUX FILLES DE CLOVIS.

## PERSONNAGES.

CLOTILDE, reine des Visigoths et fille de Clovis.
UNE ABBESSE en pélerinage.
ANAIS, niéce de Clotilde et fille de Childebert, roi de Paris..... 11 ans.
GAZETTA,
CLODOSINDE, } baronnes de la cour d'Amalaric.
ULTROGOTTE,
EDA, fille de Clodosinde..... 8 ans.
Madame ALPAIDE, arienne zélée faisant les fonctions de geôlière.
JOHANNA, jeune Castillanne au service d'Alpaïde.
Chœur des anges.

La scène se passe dans la tour de Narbonne, en 531, et le théâtre représente une prison.

# ACTE PREMIER.

## SCÈNE I^re.

### CLOTILDE et ANAIS.

(A la faible lueur d'une lampe, on aperçoit Clotilde et Anaïs qui sommeillent paisiblement. Clotilde est enchaînée..... Une vive lumière éclaire la prison.)

*CHŒUR DES ANGES. — Air n° 1.*

Quand sur un lit de rose
Souffre le roi pervers,
Clotilde ici repose
Même au milieu des fers.

UNE VOIX D'ANGE.

Dormez encore, auguste reine :
Le jour est si long pour la peine !

LE CHOEUR.

Nous vous offrons nos chants joyeux :
Gloire au Seigneur dans le plus haut des cieux,
Et, sur la terre,
Paix salutaire
A tous les hommes vertueux !
Nobles filles de France,
Que peuvent contre vous
L'astuce et l'insolence
Du tyran en courroux !.....

UN ANGE.

Dieu vous défendra de leur rage.
Ne craignez rien : prenez courage !

LE CHOEUR.

O Séraphins, voici le jour!
Remontons vite à la céleste cour.
La blanche aurore
Déjà colore
Les vieux créneaux de cette tour.

(La symphonie mystérieuse cesse, et Clotilde s'éveille : on voit que son premier soupir va au ciel.)

CLOTILDE. — Nouveau jour, nouvelles tortures! Seigneur, venez
à mon aide; épouse d'Amalaric, j'étais hier sur un trône..... je
m'éveille aujourd'hui sur l'escabelle d'une prison ! Amen ! amen !
Mieux vaut mille fois la paille humide des cachots avec la
religion de mes pères que la pourpre des ariens. (Elle bénit Anaïs.)
Pauvre enfant, elle dort sur un abîme !... charmante petite
violette !..... elle fleurit sous la neige !..... dans quelques heures
peut-être une froidure mortelle l'aura glacée.....

ANAÏS (ouvrant des yeux tout réjouis). — Jésus, Maria ! comme
on repose bien chez M. le bourreau! Je n'y perdrai pas plus une
minute de mon sommeil qu'une miette de mon pain..... Tante
Clotilde, oyez-moi, je vous prie.

CLOTILDE. — Je vous écoute.....

ANAÏS. — Une pensée.....

CLOTILDE. — Voyons.....

ANAÏS. — Il n'y a rien qui donne envie de manger comme la faim !

CLOTILDE. — Bonne Anaïs..... (Elle l'embrasse.)

ANAÏS. — Déjà les ramiers de Narbonne caracoulent sur les toits ; il fait grand jour, n'est-ce pas ? Portera-t-on bientôt notre dînette ?

CLOTILDE. — Dans peu sans doute. Commençons par la prière du matin.

ANAÏS. — Ah ! oui. (Elle s'agenouille auprès de Clotilde en se signant.)

CLOTILDE. — Joignez bien vos petites menottes.

ANAÏS. — Comme cela ?

CLOTILDE. — Oui..... Eh bien, votre prière ?

ANAÏS. — La longue ou la courte ?

CLOTILDE. — Ni l'une ni l'autre.

ANAÏS. — La moyenne ?

CLOTILDE. — Non.

ANAIS. — Laquelle donc ?

CLOTILDE. — La chaude, celle qui s'échappe pure et brûlante de la poitrine. Quand on prie, l'on doit compter ses besoins, et non point les minutes.

ANAÏS. — Je comprends. (Elle se recueille un instant.) Je donne mon cœur au bon Dieu et à Notre-Dame-des-Sept-Douleurs. Je demande l'indulgence et la rémission de toutes mes offenses.....

CLOTILDE. — Continuez.

ANAÏS. — Je fais oraison pour le roi Clovis, mon vénérable aïeul, ainsi que pour mon auguste père Childebert, roi des

Francs, *Pater noster* (1). Pour ma grand'maman de Tours et pour ma bonne mère de Lutèce, qui ne se doutent pas que je sois prisonnière ici, à Narbonne, chez les Visigoths, *Pater noster*. Pour ma pieuse tante de St-Pierre-le-Vif, *Pater noster*. Pour vous-même, bonne tante Clotilde, *Pater noster*..... Enfin pour tous nos parents et amis.....

CLOTILDE. — N'oubliez-vous pas ceux qui nous persécutent?

ANAÏS. — Je n'ai pas fini!... Pour votre époux le roi Amalaric, qui nous chassa hier de son palais parce que nous ne voulûmes pas embrasser l'arianisme, *Pater noster*... Pour madame Alpaïde, vilaine femme.....

CLOTILDE. — Ah! voilà! médire et prier! billevesée des dames de nos jours! Ne donnez pas dans ce ridicule, ma nièce : *vilaine femme* est une mauvaise parole. La langue qui prie ne doit pas déchirer le prochain.

ANAÏS. — Mais c'est bien madame Alpaïde qui, de son plein gré, s'est constituée notre geôlière?

CLOTILDE. — C'est égal.

ANAÏS. — Je l'ai vue rire et claquer des mains quand mon oncle Amalaric vous faisait subir des traitements ignominieux.....

CLOTILDE. — Continuez votre prière et non pas vos médisances.

ANAÏS. — Mon Dieu, c'est vrai! je reconnais ma faute : vous me pardonnez?

CLOTILDE. — Oui.

ANAÏS. — Eh bien! je prie Dieu pour tous nos besoins. *Pater noster*. (Elle se relève.)

CLOTILDE. — Maintenant occupons-nous de votre toilette; puis je vaquerai moi-même à l'Oraison dominicale. Je vais remplacer nos esclaves dont on nous a privées.

ANAÏS. — Oh! merci, ma tante... Du reste, en fait de toilette, j'aime besogne faite.

(1) A chaque *Pater* on entend à l'orchestre une courte phrase de mélodie.

CLOTILDE (à l'œuvre). — Un moment, je vous prie..... Vous voyez bien, chère ange, que vos cheveux sont dénattés..... Et cette gorgerette qui se déplisse toute.... Si quelqu'un venait nous voir, vous auriez l'air d'une *vilaine petite femme*, allez!.....

ANAÏS. — Oh!..... c'est une vengeance cela!.....

CLOTILDE (souriant). — Comment?

ANAÏS. — Vous m'en voulez? Je désavoue cette *vilaine* expression : donnons-nous l'accolade de la paix.

CLOTILDE. — Soit..... (Continuant toujours la toilette d'Anaïs.) Pourquoi n'aimez-vous pas la toilette? la propreté est une vertu!.....

*Air n° 2.*

ANAIS.

Je veux être proprette,
Mais sans prétention ;
Fille qui fait toilette
A quelque intention.....
On a mauvaise grâce
  Avec tant d'atours.    } *Bis.*
La laideur, quoi qu'on fasse,
  Apparaît toujours.

CLOTILDE.

C'est très-bien : l'innocence
Et la simplicité
Avec plus d'élégance
Rehaussent la beauté.
Vos désirs doivent être
  Simples, modérés ;    } *Bis.*
Moins vous voudrez paraître
  Et plus vous serez.

ANAIS.

Je me ris de la mode
Changeant tous les matins.
Rien de plus incommode
Que ses caprices vains.

Il faudrait, selon elle,
Toujours du nouveau.          ⎞
Jamais même dentelle          ⎟  *Bis.*
Ni même manteau.              ⎠

Ma tante, j'ai faim.....

CLOTILDE. — Un peu de patience, chère enfant.

ANAÏS. — Il me semble que quelque chose me houspille le fond de l'estomac.

CLOTILDE. — On vient..... C'est madame Alpaïde qui nous apporte peut-être le brouet noir des galériens.

ANAÏS. — Noir ou blanc, j'en prendrai sans façon.

# SCÈNE II.

### CLOTILDE, ANAIS, ALPAIDE, JOHANNA.

ALPAÏDE. — Soumission parfaite sous les coups de la justice royale!

ANAÏS. — Voilà du confortable, j'espère.....

CLOTILDE. — Quels sont vos ordres?

ALPAÏDE (examinant ses deux captives). — Justement indigné, le puissant monarque des Visigoths désire apprendre si son épouse se trouve placée sous bonne garde. J'ai aussi une autre mission à remplir.

CLOTILDE. — Voyez!..... Vous pouvez dire à Sa Majesté que mes chaînes n'ont pas cassé, et que ma foi n'a pas faibli!.....

ALPAÏDE. — Je sais ce que j'ai à dire.

CLOTILDE. — Et moi j'ignore ce que j'ai à souffrir, mais j'espère en Dieu.

ANAÏS. — M<sup>me</sup> Alpaïde, puis-je vous prier de m'accorder une faveur ?

ALPAÏDE. — Parlez.

ANAÏS. — Votre reine est attachée par cette lourde cadène depuis hier soir, tandis que je suis libre de me promener dans la prison. Nous sommes pourtant aussi coupables l'une que l'autre : il ne faut pas que les rigueurs du très-haut Amalaric tombent toutes sur la même personne. Si donc vous vouliez bien le permettre, mon auguste tante serait liée pendant la nuit, et je prendrais ses fers pendant le jour.

CLOTILDE (attendrie). — Merci, chère Anaïs, mille fois merci. (Elle l'embrasse.) Non, je ne le veux pas..... Hélas! je vous avais appelée auprès de moi comme une fille adoptive, et vous voilà ma compagne d'infortune! aussi contente, aussi aimable que lorsque vous étiez à Lutèce dans le palais de Childebert..... Eh quoi! chère amie, je n'ai donc à vous léguer pour héritage que la corde des forçats !.....

ALPAÏDE. — On veut nous dresser des embûches.

JOHANNA. — No lo creo, mi senora.

ANAÏS ( se jetant dans les bras de Clotilde). — Calmez votre émotion, ma bonne tante, je ne voulais pas vous attrister. J'ai été malencontreuse; mais vous savez bien qu'il a été convenu que nous aurions du courage dans l'adversité! J'en appelle à votre parole de reine.

ALPAÏDE. — Il n'y a chez les catholiques que mensonge et hypocrisie.....

JOHANNA. — No lo creo, mi senora.

ALPAÏDE ( sévèrement à Johanna ). — Vous m'étourdissez par votre caquetage : il n'y a chez les catholiques que mensonge et hypocrisie...

ANAIS.

*Air n° 3.*

Oh ! ne m'imputez pas un crime que j'abhorre,
Et ne flétrissez point ce désir de mon cœur !
Pourquoi me refuser la grâce que j'implore ?
Je veux de votre reine alléger le malheur.
    Moi, sa fille chérie,
    Jusqu'au dernier soupir,
    Loin de notre patrie,
    Je dois la secourir. *(Bis.)*

ALPAÏDE. — La reine ne souffrirait jamais qu'on lui tirât ses
fers pour les donner à sa chère Anaïs..... (A Anaïs.) N'y songez
donc plus, gentille Lutécienne, et quittez un souci pénible... Du
reste cette attention délicate vous fait honneur...

JOHANNA. — Si ! si ! senora.

ALPAÏDE. — Et les sentiments que vous venez d'exprimer dans·
votre cantatille sont, j'en conviens, très-légitimes ; je les
approuve beaucoup : aussi je suis heureuse de trouver dans la
bonté de mon cœur un moyen pour répondre, Mesdames, à vos
vœux réciproques. Vous aurez dès ce soir chacune vos liens
d'amitié. (A part.) A deux prisonnières il faut en effet deux
cadènes pour faire la partie carrée !...

JOHANNA. — O piedad por la pobre Anaïs!...

ALPAÏDE. — Johanna, vous êtes une sotte : vous me faites pitié.
(A part.) Cette fille s'abêtit tous les jours !...

ANAÏS (à Clotilde). — Quel genre de tourmenteuse, grand Dieu !

CLOTILDE. — Il est décidé, bonne Anaïs, que vous devez être,
en toute rencontre, la victime de votre amour pour moi..... Ne
m'aimez pas autant : cela vous porte malheur!

ANAÏS. — Oh! ce n'est rien... Je ne crains pas les fers dont on
m'a menacée; seulement je suis désolée de ne pouvoir briser les
vôtres. Allons, de la force et de la gaieté tout de même, n'est-ce
pas ?

CLOTILDE. — Oui, ma fille, les grandes souffrances ont leur joie sainte : c'est le lis au milieu des épines.

ANAÏS. — Pourquoi donc tant de tristesse?.... D'où vous vient cet air abattu?... allons!... dites.

CLOTILDE. (Récitatif.)

Quand l'oranger n'a plus son climat, sa patrie,
Il végète avec langueur.....
Sa feuillée est flétrie,
Et le calice de sa fleur
N'exhale plus la même odeur!.....

(A Mme Alpaïde.) N'avez-vous pas une autre mission à remplir?

ANAÏS. — Si vous pouviez, par exemple, nous procurer un tantinet de nourriture! l'heure des Laudes a passé !..... Bientôt Prime..... Il serait temps.....

ALPAÏDE (à Clotilde). — Nouvelle fatale!..... d'abord vous êtes coupable d'un crime affreux.

CLOTILDE. — Je suis chrétienne : que peut-on me reprocher de plus ?

ALPAÏDE. — Un crime abominable.

CLOTILDE. — Citez le fait.

ALPAÏDE. — Vous avez écrit une lettre au plus redoutable ennemi des Visigoths, c'est-à-dire au père de cette jeune enfant.

CLOTILDE. — C'est vrai : j'ai écrit à mon auguste frère, Childebert, roi des Francs.

ALPAÏDE. — Vous avez plus fait : vous lui avez envoyé un linge ensanglanté, avec ces paroles : *Voilà le sang versé sous les coups d'Amalaric parce que je ne veux pas être arienne.* Si l'on vous a frappée, vous l'aviez méritée... Quand on a tort, on se tait...

CLOTILDE. — Est-il nécessaire, madame, qu'auprès de vous je fasse apparoir de mon bon droit ! Un fer plus dur pourrait briser ceux que je traîne à mes pieds; mais il n'est sur la terre aucune puissance humaine qui soit capable de séparer ce que Dieu a uni. J'aime donc encore Amalaric comme mon époux, et je l'honore comme mon roi..... Il n'est jamais sorti de ma bouche une parole contraire à ces sentiments : cependant l'on m'a fait souffrir les plus cruelles tortures pour me forcer à abjurer la religion romaine. J'ai été battue de verges et conspuée sous vos yeux, Alpaïde ; je n'ose dire qu'on m'a couverte d'ordures... Enfin, quand j'ai senti que les forces du corps m'abandonnaient, j'ai imploré la médiation d'un frère.

Alpaïde. — Dites d'un tyran.

Clotilde. — Et remarquez une circonstance particulière : cette chère enfant.....

Alpaïde. — Dont vous avez fait une béguine, bonne tout au plus à réciter des patenôtres...

Clotilde. — Cette chère enfant, que j'ai adoptée pour ma fille, s'est trouvée pliée dans mon malheur et de plus exposée aux mêmes traitements barbares : pouvais-je cacher sa position à son père Childebert ? Je sais que mon bien-aimé frère, occupé en ce moment à faire la guerre en Auvergne, a écrit à mon époux pour lui inspirer un peu de compassion. Mais, hélas ! celui-ci n'en est devenu que plus furieux.....

Anaïs. — Ma tante, hier soir, nous ne pûmes pas manger... J'ai faim : je me sens faible. (Elle tombe en défaillance dans les bras de Clotilde, qui est visiblement émue.)

Clotilde. — Un petit morceau de galette qu'on donne aux pauvres, un rien eût sauvé ma fille... Mon Dieu !... (Johanna est attendrie.)

Alpaïde (sévèrement). — Childebert ne s'est pas borné à écrire une lettre, il est entré sur nos terres.... Son armée a bivouaqué sur les hauteurs voisines pendant trois nuits consécutives, parce que l'eau des ravines a inondé la plaine. Ce matin les passages sont libres, et nous l'attendons. Oui, Narbonne est assiégée, mais notre courage a grandi avec le danger..... On verra.....

Clotilde. — Ah ! de grâce, un peu d'eau pour ma fille, qui se meurt !..... (Alpaïde et Johanna sortent brusquement. Les portes de la prison se ferment avec fracas, et la toile tombe.)

# ACTE II.

## SCÈNE Iʳᵉ.

### UNE ABBESSE (entièrement voilée).

(Elle soupèse la chaine qui attachait l'infortunée Clotilde.)

..... Le voilà donc changé en un bien dur métal ce diadème des Visigoths qui apparaissait si radieux à une princesse de dix-huit ans!.....

Clotilde avait converti Clovis; on pensait qu'une autre Clotilde gagnerait à la foi des apôtres un prince imbu de l'arianisme!..... Ainsi vont les calculs de la sagesse humaine. Ah! si elle avait pu prévoir, que de peines elle se serait épargnées! Mais, hélas! la jeunesse raisonne-t-elle? Jeune fille a souvent considéré ses traits dans l'onde pure des ruisseaux! Jeune fille s'est-elle jamais mirée dans le sombre avenir?..... Pourquoi avons-nous, dans ce pays de larmes, d'autres désirs que ceux de la raison et d'autres liens que ceux du devoir? (Elle jette la chaine.) Éloignons de nos yeux ce lugubre instrument de la brutalité des hommes!....

*Air n° 4.*

Quand je pris pour époux le Dieu de l'innocence,
Je dus m'ensevelir sous le voile des morts!
On me pleurait! hélas! le sceptre et la puissance
N'ont-ils pas des chagrins et de cruels remords!
　　Tout est faux sur la terre,
　　Et fragile et trompeur!.....
　　Au moins au monastère
　　On a la paix du cœur.

# SCÈNE II.

L'ABBESSE, GAZETTA, ULTROGOTTE, CLODOSINDE, EDA.

CLODOSINDE. — Que vois-je !..... quelque démon peut-être.....
quelque démon caché sous un habit de femme.

ULTROGOTTE. — On l'a vu souvent...

GAZETTA. — Oui, l'on dit que, dans cette vieille tour, des
sylphes apparaissent.

EDA (à Clodosinde). — Voilà, maman, une drôle de cornette ! j'ai
peur...

CLODOSINDE. — Ne craignez rien. (A part.) Je frissonne.

L'ABBESSE. — Rassurez-vous, mes bonnes dames.

ULTROGOTTE. — Piéges trompeurs... C'est le démon... fuyons...
Satan a emporté la reine. (Elle veut fuir.)

L'ABBESSE. — Arrêtez !... La croix... voyez la croix que j'embrasse avec respect..... Ni Lucifer ni Béelzébuth ne pourraient la
toucher sans frémir de rage.

TOUTES. — C'est vrai... cela.

CLODOSINDE. — Fille de la nuit, je vous adjure de nous dire qui
vous êtes.....

L'ABBESSE. — Je suis une pauvre hospitalière, venue ici, avec
la permission de votre roi, pour apporter à son auguste épouse le
repas des captifs.

GAZETTA. — Tiens... j'avais oublié !... Cela s'accorde un peu...

ULTROGOTTE. — Mais où donc est la reine ?

L'Abbesse. — Dans la tourelle adjacente : vous pourrez la voir bientôt.

Clodosinde. — Excusez notre frayeur.... On ne porte pas à Narbonne de chaperon pareil au vôtre.

L'Abbesse. — Je suis étrangère à ce pays : ce n'est qu'en passant que je me trouve ici. J'ai quitté ma cellule pour un lointain pélerinage.

Gazetta. — Mes souvenirs me reviennent parfaitement. Je sais que, sous d'humbles dehors, vous êtes la puissante abbesse d'un monastère d'Italie.

Ultrogotte. — Seriez-vous assez bonne pour annoncer à Sa Majesté la visite de trois dames de la cour?...

Eda. — Et d'une petite jouvencelle?

Clodosinde. — Oui, les moments pressent tant!...

Gazetta. — La plus grande consternation règne dans toutes les familles.

L'Abbesse. — Je vais vous annoncer.

Ultrogotte. — Clodosinde, Gazetta et Ultrogotte, dames de la Basoche.

L'Abbesse. — M^{mes} Clodosinde, Gazetta, Ultrogotte, et la petite?...

Eda. — Eda.

L'Abbesse. — Bien, Eda.

# SCÈNE III.

Les mêmes, moins l'ABBESSE.

Gazetta. — Cette none était recommandée à la bienveillance royale par un évêque arien. Le but qu'on se propose dans son

ordre est principalement de visiter les prisonniers : nous aurons
là sous peu une coreligionnaire. Elle songe à se faire rebaptiser.

ULTROGOTTE. — Ceci a dû faciliter son entrée ici.

GAZETTA. — Assurément. Clotilde avait demandé un prêtre
catholique....

# SCÈNE IV.

L'ABBESSE, CLOTILDE, GAZETTA, ULTROGOTTE,
CLODOSINDE, EDA.

L'ABBESSE. — La reine !... (*Elle rentre dans le cabinet. Ces dames s'approchent
respectueusement de Clotilde , et lui baisent les mains. Elle embrasse la jeune Eda sur le front.*)

EDA. — Je viens voir la princesse Anaïs.

CLOTILDE. — Mon enfant, elle repose : elle a été fatiguée ce
matin.

CLODOSINDE. — Ceci se comprend : Votre Majesté aussi doit
avoir passé une nuit cruelle ?

CLOTILDE. — Non, j'ai dormi profondément.

CLODOSINDE. — Nous venons, auguste reine, vous offrir nos
hommages...

ULTROGOTTE. — Nos condoléances...

GAZETTA. — Et vous apprendre des nouvelles.

CLOTILDE. — Je vous remercie.

GAZETTA.

*Air* n° 5.

Votre puissant frère,
Dans sa juste colère,
Est venu pour nous faire
Une guerre
A mort.

Pour ou contre, à Narbonne,
Chacun se passionne :
On parle, on déraisonne,
    Et personne
    N'a tort.
  On court, on s'arme
  Au poste d'alarme ;
  Le plus grand vacarme
Règne dans la cité,
    Et l'épouvante,
    Dans la tourmente,
    Grossit, augmente
L'effroi suscité.


ULTROGOTTE.


  Madame Alpaïde,
Furieuse, intrépide,
A l'émeute préside,
    Et guide
    Nos gens.
Mais l'armée est inerte !....
Tout annonce sa perte ;
Car, à la moindre alerte,
    On déserte
    Les rangs.
  Notre amazone
( Dieu me pardonne ! )
  Plaint moins sa couronne
Que son riche trésor.
    La citadelle
    Qui, selon elle,
    Est la plus belle,
C'est un coffre-fort.


CLODOSINDE.


  Chose positive :
Un renfort nous arrive,
Et Childebert s'esquive.
    Oh ! vive
    La paix !

GAZETTA.

Le bruit court au contraire
Qu'une armée étrangère
A franchi la frontière,
Et nous serre
De près.

ULTROGOTTE.

On dit en ville
Que le roi s'exile,
Et qu'avec lui file
La foule des peureux.
Si tout conspire
Pour le proscrire
De cet empire,
Faisons-en les feux.

CLOTILDE. — Permettez... Un feu de joie ne s'allume point avec le tison des guerres ! D'ailleurs l'infortune sera toujours mon partage sans fin ni trève.

CLODOSINDE. — Si votre frère force nos remparts, vous serez libre de revoir le beau pays de France.

CLOTILDE. — Le retour seul dans la patrie ne fait pas le bonheur. Telle est ma position : si Amalaric est vainqueur, je n'aurai plus ma liberté ; s'il est vaincu, je n'aurai plus mon époux.

GAZETTA. — Votre Majesté aurait pu prévenir une si fâcheuse alternative.

CLOTILDE. — Oui, en sacrifiant mon ame. J'ai donné volontiers tout le reste !...

ULTROGOTTE. — C'est M^{me} Alpaïde qui est cause de tout.

CLOTILDE. — Je lui pardonne... (Ecoutant.) Elle nous arrive...

CLODOSINDE. — Délogeons d'ici bien vite.

CLOTILDE. — Adieu...

## SCÈNE V.

CLOTILDE, L'ABBESSE, ALPAIDE, JOHANNA.

ALPAÏDE. — Vous voyez, Madame, qu'on se montre envers vous libéral et généreux. Quoique Childebert presse le siége avec un incroyable acharnement, les dames de la cour peuvent communiquer avec vous en toute sûreté; de plus les aliments vous sont apportés par cette illustre abbesse, qui a même obtenu d'Amalaric le pouvoir de délier vos fers.

CLOTILDE. — Je sais apprécier la conduite tenue à mon égard.

ALPAÏDE. — La jeune Anaïs est sans doute dans le cabinet voisin ?

CLOTILDE. — Oui.

ALPAÏDE. — Je le crois; mais j'ai l'ordre de constater sa présence ici.

CLOTILDE. — Vous l'avez laissée souffrante.

L'ABBESSE. — Le jeûne d'hier l'a fatiguée.

ALPAÏDE. — Comment ! nous serions tous désolés à la cour que la santé de cette enfant fût altérée... Madame, vos affaires vont enfin recevoir une solution : il faut que cette noble malade connaisse la première une décision qui la concerne.

L'ABBESSE. — Elle vient.....

# SCÈNE VI.

CLOTILDE, L'ABBESSE, ANAIS, ALPAIDE, JOHANNA.

ALPAÏDE. — Votre Altesse a été indisposée?

ANAÏS. — Oui, Madame.

ALPAÏDE. — Comment va-t-elle à cette heure?

ANAÏS. — Je vais doucettement.

ALPAÏDE. — Quelle est la source du mal?

ANAÏS. — Devinez...

ALPAÏDE. — Que sais-je? Une migraine?

ANAÏS. — Vous n'y êtes pas.

ALPAÏDE. — La bile?

ANAÏS. — Non.

ALPAÏDE. — Le sang?

ANAÏS. — Encore moins.

ALPAÏDE. — Peut-être une indigestion?

ANAÏS. — Ah oui, assurément!.... Vous vous moquez... Indigestion de quoi? J'ai failli mourir de faim, vous le savez bien!

ALPAÏDE. — Votre Altesse remarquera que personne n'a eu l'intention de lui faire souffrir la faim.

ANAÏS. — J'ai remarqué le contraire.

ALPAÏDE. — Comment?

ANAÏS. — Il faut donc, Madame, qu'on vous dise les choses par leur nom : vous vouliez nous avoir par la famine. Il n'y a rien d'étonnant, puisque nous nous trouvons dans une place assiégée. Or j'allais capituler lorsque la Providence, qui fournit la nourriture aux petites bergeronnettes de la prairie, s'est souvenue des pauvres prisonnières! Je me suis vite empressée de prendre ma légère becquée, et me voilà hors de péril pour cette fois *sans indigestion.*

ALPAÏDE. — Je persiste à soutenir que toute la cour d'Amalaric tient particulièrement à ce que rien ne puisse nuire à votre précieuse santé, et je suis là pour vous en donner une preuve sans réplique. Ce sera du reste la meilleure réponse à votre susceptibilité.

ANAÏS. — Erreur, Madame! quand on est en prison, l'estomac est ordinairement plus sensible que l'esprit n'est susceptible : vous ne m'avez donc pas fait mal à l'endroit que vous croyez.

CLOTILDE. — Quand cette pauvre enfant se mourait d'inanition, vous m'avez refusé une goutte d'eau! votre mièvre sollicitude a de quoi me surprendre.

ALPAÏDE. — Mes actes parleront mieux que mes paroles : Johanna, accompagnez Son Altesse dans la casemate inférieure, et remettez-lui l'édit royal que j'ai déposé sur l'abaque à côté des amphores. Je souhaite, jeune damoiselle, que vous sachiez la première combien l'on avait à cœur la conservation de vos jours.

ANAÏS. — Chère tante, quelque chose me dit que je vais vous apporter une bonne nouvelle. Oh! si c'était vrai, que je serais heureuse!... (A Alpaïde.) Tenez, rien qu'à la tournure de vos compliments, je me figure que mon auguste père est déjà maître de Narbonne... (Souriant.) N'est-ce pas ?

ALPAÏDE (souriant aussi). — Allez et voyez.

ANAÏS.

*Air nº 6.*

Il n'est rien, dans le malheur,
De plus doux que l'espérance.
J'implore la Providence,
Et j'attends un sort meilleur.

CLOTILDE.

Et moi j'ai peur.....
Hélas ! pour l'innocence;
Et pour l'enfance
Tout est piége trompeur !.....

Allez donc, ma fille, et que Dieu soit avec vous !

ANAÏS. — Bénissez-moi.

CLOTILDE. — Je vous embrasse...

ANAÏS. — Bénissez-moi, vous dis-je.

CLOTILDE. — Je vous embrasse : c'est la même chose. Allez.

ANAÏS. — Je ne comprenais pas, j'y vais. (Elle répète en s'éloignant son petit couplet.)

Il n'est rien, dans le malheur,
De plus doux que l'espérance.

( Johanna l'accompagne. )

ALPAÏDE. — Je désire être seule un instant avec la reine.
( L'abbesse se retire dans le cabinet. )

# SCÈNE VII.

### CLOTILDE et ALPAIDE.

CLOTILDE (effrayée). — Oh ! Dieu ! (On entend le son du tambourin et le bruit des armes.) Qu'est-ce donc ? Ah ! je vois la vérité.

ALPAÏDE (avec un sourire de démon). — C'est votre Anaïs qui disparaît...
(Elle sort, et ferme la porte du cachot.)

CLOTILDE. — Anaïs ! Anaïs ! qui me rendra mon Anaïs ?.....
( Elle s'évanouit... L'abbesse accourt, et le rideau tombe.)

# ACTE III.

## SCÈNE Iʳᵉ.

### GAZETTA et ULTROGOTTE.

**GAZETTA** (sortant du cabinet). — Cette fatale nouvelle a été pour la reine un coup de foudre..... Pauvre Anaïs! ah! elle méritait un destin plus heureux.

**ULTROGOTTE.** — Oh ! oui !

**GAZETTA.** — Combien votre ame serait doucement affectée, ma chère amie, si vous voyiez ce qui se passe auprès de nous. (Elle désigne la tourelle.) La dame voilée n'est plus une abbesse chrétienne...

**ULTROGOTTE.** — Eh bien !

**GAZETTA.** — C'est une ame qui a déserté le paradis pour venir consoler la reine. Oh! pourquoi a-t-on donné l'ordre de ne pas laisser sortir cette vertueuse héroïne? elle eût volé au secours d'Anaïs, et peut-être ses prières.....

**ULTROGOTTE.** — Aimable enfant! n'y aura-t-il parmi nous aucune voix amie qui puisse parler pour elle!...

**GAZETTA.** — Hélas! dans la consternation générale où nous sommes, chacun pense pour soi.

**ULTROGOTTE.** — Je ne crois pas que les Français osent tirer des flèches sur les rangs où se trouve la fille de leur roi.

**GAZETTA.** — Oui; mais vous ne savez pas tout... Il y a plus!...

ULTROGOTTE. — Il peut exister plusieurs récits; il n'y a qu'un fait, et le voici : on se prépare à faire une sortie vigoureuse contre les assiégeants.

GAZETTA. — Je le sais... Après.

ULTROGOTTE. — Amalaric a ordonné de placer Anaïs sur un pavois qui sera porté à la tête du premier escadron de nos troupes, afin que, lorsque l'on ouvrira la grande porte d'airain, l'ennemi ne puisse tirer sur nos soldats sans s'exposer à tuer la fille de Childebert.

GAZETTA. — C'est précisément ce que je viens d'annoncer à la reine point par point; mais, encore une fois, il y a plus...

ULTROGOTTE. — Eh quoi?

GAZETTA. — Amalaric ne se possède pas de fureur..... Si les Français font mine d'être vainqueurs... (désignant la porte de l'appartement de la reine) la roue ou l'estrapade... voilà ce qui l'attend.

ULTROGOTTE. — Je frémis...

# SCÈNE II.

### L'ABBESSE, GAZETTA, ULTROGOTTE.

L'ABBESSE. — Clodosinde n'est pas venue?

GAZETTA. — Nous l'attendons.

L'ABBESSE. — Ni madame Alpaïde?

ULTROGOTTE. — Personne.

L'ABBESSE. — Il m'a semblé entendre des cris confus du côté des fossés, et l'on fait un grand brouhaha sur l'esplanade des Thermes (1).

(1) Aujourd'hui plan des Barques.

GAZETTA. — Je soupçonne véhémentement... O Dieu !... ouf !... mes nerfs !

ULTROGOTTE. — Il me prend un éblouissement...

GAZETTA. — Il se prépare un massacre général... Où fuir ?

L'ABBESSE (avec calme). — Courage, nobles baronnes ! ne quittez pas votre reine à ce moment suprême... Voici l'heure peut-être de son agonie ! S'il arrive quelque nouvelle sinistre sur Anaïs, je me charge de l'annoncer... Vous m'appellerez. (Elle se prépare à rentrer auprès de Sa Majesté.)

# SCÈNE III.

## L'ABBESSE, GAZETTA, ULTROGOTTE, ALPAÏDE.

L'ABBESSE (à Alpaïde). — Que nous apportez-vous, la vie ou la mort ?

ALPAÏDE. — J'ai hâte avant tout de démentir un faux bruit.

L'ABBESSE. — Mon Dieu !

ALPAÏDE. — Si la reine a été enfermée dans cette tour, et si plus tard il vous a été défendu d'en sortir, c'est par une mesure tout en votre faveur.

L'ABBESSE. — Qu'avez-vous fait d'Anaïs ?

ALPAÏDE. — Permettez, ma sœur : on vous a tenues sous clé, la reine et vous, dans la crainte que le populaire de Narbonne ne vous fît quelque outrage.

L'ABBESSE. — Qu'avez-vous fait d'Anaïs ?

ALPAÏDE. — Les esprits étaient si irrités...

L'ABBESSE. — Mais Anaïs... Parlez-nous d'Anaïs ! qu'avez-vous fait de cette timide enfant ?

ALPAÏDE. — Je ne lui ai fait aucun mal, moi...

L'ABBESSE. — Vous, mais vos satellites?

ALPAÏDE. — Si vous tenez tant à vous mêler à l'agitation publique, ce qui est fort déplacé dans votre condition, soyez libre de courir les rues... La reine est dans le cabinet?

L'ABBESSE. — Oui.

ALPAÏDE. — Il m'importe qu'elle sache bien encore une fois que, si on l'a éloignée depuis hier du tumulte, ce n'est que dans ses intérêts. Eh quoi! en ce jour tempétueux de tribulations et d'angoisses, nous n'aurions pas enfermé avec soin cette perle précieuse! Rappelez-vous l'histoire du peuple juif : au temps du bon père Noémus la colombe ne voulut pas quitter l'arche tant qu'il n'y eut que boue sur la terre. (Elle sort sans fermer la porte.)

L'ABBESSE. — Quel prône inconcevable!... Illustres baronnes, je vous confie votre reine pour quelques instants. Aussi hardie que madame Alpaïde, je vais fouler aux pieds la fange du déluge. Veuillez me remplacer.

# SCÈNE IV.

CLOTILDE, GAZETTA, ULTROGOTTE.

CLOTILDE. — N'ai-je pas entendu la voix d'Alpaïde? (Elle regarde de tous côtés.) Et ma mère abbesse... où est-elle? Hélas! qu'est-elle devenue?

GAZETTA. — Elle a suivi madame Alpaïde.

CLOTILDE. — Ah! je vois... on me l'a ravie elle aussi...

GAZETTA. — Elle est sortie de son plein gré.

ULTROGOTTE. — Oui, elle va rentrer.

CLOTILDE. — Je ne me fais pas illusion.

### Air n° 4.

Cruel isolement, je n'ai donc plus personne
Qui puisse compatir à mon affliction ?
On m'enlève à la fois le sceptre, la couronne,
Anaïs, et l'abbesse, anges de ma prison !
     Seigneur, je vous implore ;
     Ne nous délaissez pas :
     Vous seul pouvez encore    ⎫
     Nous sauver du trépas.      ⎬  ( Bis. )
                    ⎭

Et vous que j'aimais tant, rivages de la Seine,
Ne reverrai-je plus le pourpre de vos fleurs,
Vos prés et vos coteaux, vos tilleuls de la plaine,
Et ce tombeau (1) qu'enfant j'arrosais de mes pleurs !
     Oh ! la patrie est chère
     Jusqu'au dernier soupir.
     Sur la plage étrangère    ⎫
     Qu'il est dur de mourir !    ⎬  ( Bis. )
                    ⎭

# SCÈNE V.

## CLOTILDE, GAZETTA, ULTROGOTTE, JOHANNA.

GAZETTA. — Vous voici, bonne Johanna ? Comment !... tout le monde peut donc entrer ? (Aux autres dames.) Il paraît que les portes de la tour sont restées entrebâillées.

JOHANNA. — El carcelero se escapo.

GAZETTA. — Ah ! le geôlier a fui !... (A part.) Ce fait est significatif... Et vous cherchez la geôlière ?

JOHANNA. — No, no... E perdido la senora Alpaïda.

(1) Celui du feu roi Clovis, son père.

GAZETTA. — C'est ce que je voulais dire : vous voyez qu'elle est absente.

JOHANNA. — En donde esta?

GAZETTA. — Où est-elle? Mais nous n'en savons rien. Sommes-nous ses gardiennes?

ULTROGOTTE. — C'est elle au contraire qui est la nôtre.

CLOTILDE. — Quand est-ce que vous l'avez perdue?

JOHANNA. — Ella desaparecio cuando los Franceses ascalaban las murallas.

CLOTILDE. — Que nous dites-vous là? Les Français ont escaladé nos murs?

JOHANNA. — Si, senora.

CLOTILDE. — Et ils sont déjà dans la ville?

JOHANNA. — Si, senora.

CLOTILDE. — Et ma chère Anaïs, où est Anaïs? Parlez vite, ma bonne!

JOHANNA. — No se hablar ni prontamente ni frances.

CLOTILDE. — Quelle fille êtes-vous, sainte Croix?

JOHANNA. — Soy una Castillana.

CLOTILDE. — Eh! que m'importe! parlez comme vous l'entendrez. Dites donc, bonne Johanna, où est ma chère Anaïs? En donde esta mi querida Anaïs?

JOHANNA. — Ay! ay!

CLOTILDE. — Quoi!... Eh bien...

JOHANNA. — Oh la pobre muchacha!

CLOTILDE. — On l'avait élevée sur un grand bouclier, n'est-ce pas?

JOHANNA. — Si, senora.

CLOTILDE. — Achevez.....

JOHANNA. — Es muerta, la pobre... Es muerta, lo creo...

CLOTILDE. — Elle est mortel.... Frappez, Seigneur, je me soumets...

## SCÈNE VI.

CLODOSINDE, CLOTILDE, GAZETTA, ULTROGOTTE, JOHANNA, EDA.

CLODOSINDE (arrivant tout effrayée). — Auguste reine, la ville est prise! les portes de la tour sont ouvertes... les gardes ont fui... vous êtes libre!...

CLOTILDE. — Oh! ne me parlez pas de liberté si je n'ai plus mon Anaïs.....

CLODOSINDE. —Anaïs? Je ne sais... Le pavois est devant la grille de bronze.

EDA. — On a dit...

CLODOSINDE. — Chut! si l'on voulait s'arrêter à tout ce qui a été clamé, il y aurait beaucoup à faire.

CLOTILDE. — Eh bien! quoi?... comment! qu'a-t-on dit?

GAZETTA. — Ce n'est encore qu'un bruit de femmes... Si c'était vrai, nous le saurions.

CLOTILDE. — Es muerta! Elle est morte!

GAZETTA (à Johanna). — Qui vous a appris ce triste événement?

JOHANNA. — El clamor publico.

CLOTILDE (à Clodosinde). — Elle n'est donc plus mon Anaïs! grand Dieu! La bonne abbesse a aussi péri, n'est-ce pas? Ah! vous pouvez tout me dire maintenant. Mon ame est pleine d'amertume : vous n'y ferez pas entrer une douleur de plus.

CLODOSINDE. — Je ne sais rien de positif au sujet de cette religieuse : il paraît cependant qu'elle s'est compromise en voulant sermonner quelques archers de l'ordonnance.

CLOTILDE. — Quand le venin de l'aspic s'est infiltré dans un membre, que font d'autres morsures de vipères?... Le chagrin a engourdi mon cœur; je vous le répète, une piqûre de plus ce n'est rien : c'est une goutte d'eau sur l'éponge qu'imbibe l'Océan. Parlez donc sans déguisement ; dites-moi qu'Anaïs et l'abbesse ont été massacrées, que mon frère a été mis en fuite, qu'on va m'attacher moi-même au gibet : au moins on ne m'enlèvera jamais ni mon Dieu ni ma foi.

JOHANNA. — Es verdad.

CLODOSINDE. — Je sais que la ville est prise par Childebert ; mais j'ignore quel a été le sort de vos chères compagnes. Je vais pourtant vous raconter un fait qui s'est passé sous mes yeux.

CLOTILDE. — Sainte croix de Dieu ! dites tout ce que vous saurez.

CLODOSINDE. — Portée comme en triomphe par nos hallebardiers, Anaïs était dirigée vers le vieux temple de Jupiter-Tonnant.

CLOTILDE. — Eh bien !

CLODOSINDE. — Le cortége passait sur les boulevards d'Arius. Tout à coup on a été arrêté par une haie de piques. Des hommes furieux se sont mis à crier : « La fille du tyran ! vengeance, vengeance ! » et ils ont brandi leurs francisques en s'approchant de votre fille.

CLOTILDE. — Eh bien !

CLODOSINDE. — Elle était là, en face de ces gueules béantes de serpents, comme une timide Philomèle... Dans ce péril extrême un ange est venu au secours d'Anaïs !..... C'était la bonne abbesse : son courage surhumain et la forme de sa coiffure ont d'abord excité une grande surprise, je dirai même une féroce hilarité. Mais, lorsque, relevant son voile avec sa jolie main blanche, elle a montré au peuple ameuté une figure calme et majestueuse, pleine de douceur et de modestie, tous les espadons se sont inclinés vers la terre. Je ne me souviens plus des paroles qu'elle a prononcées : Anaïs lui doit la vie pour cette fois. Il y avait d'autres groupes mal intentionnés... Je n'en sais pas plus loin.

CLOTILDE. — Sainte croix de Dieu, j'ai donc encore à suer toute ma peur !...

GAZETTA (à Johanna). — Etes-vous bien renseignée? savez-vous exactement tout ce qu'on a dit?

JOHANNA. — Lo se como el *Ave, Maria.*

ULTROGOTTE. — On monte... Nous eussions bien fait de verrouiller nous-mêmes les portes de la tour.

CLODOSINDE. — Oui : un peuple vaincu peut encore exercer de terribles représailles.

GAZETTA. — C'est l'abbesse... La lumière va se faire.

# SCÈNE VII.

Les mêmes, plus l'ABBESSE.

CLOTILDE. — Où est mon Anaïs? (Elle se jette dans les bras de l'abbesse.) Parlez d'Anaïs... Non... attendez... Quand je serai revenue à la vie, vous me porterez le coup mortel...

L'ABBESSE. — Les nouvelles ne sont pas désespérées : je vous annonce même le bonheur, mais je ne veux le verser dans votre ame que goutte à goutte.

CLOTILDE (à part). — Je sens que l'espérance me va au cœur. (A l'abbesse.) Eh ! bien oui !.. .. dites peu à peu..... Anaïs vit-elle encore?

L'ABBESSE. — Oui, Anaïs vit.

CLOTILDE. — Et mon frère?

L'ABBESSE. — Votre frère vit.

CLOTILDE. — Et mon époux? car je l'aime toujours malgré son ignobilité.

L'ABBESSE. — Amalaric est vivant.

CLOTILDE. — Dieu de Clotilde, je vous bénis!...

L'ABBESSE. — Je porte encore un secret dans mon cœur : si je le garde il va m'oppresser; si je parle, je puis vous tuer.

CLOTILDE. — Je prévoyais quelque catastrophe...

L'ABBESSE (portant sa main sur son cœur). — Il y a sous mon voile un mystère de joie que jamais vous ne sauriez pénétrer.

CLOTILDE. — La ville est-elle réellement au pouvoir des Français ?

L'ABBESSE. — Oui, Narbonne a été prise sans coup férir. Votre royal époux s'est enfui par la porte des Espagnes. Dès que les machicoulis des forteresses seront dégarnis de leurs grosses pierres, et que la cavalerie française aura pris possession de tous les quartiers, Childebert fera son entrée ; mais une force invisible m'empêche de dévoiler mon mystère...

CLOTILDE. — Quel en est donc l'objet?... Anaïs peut-être!... Qui garde mon Anaïs? Est-elle hors de tout danger?

L'ABBESSE. — Rassurez-vous.

CLOTILDE. — Mais on l'avait bien exposée sur un bouclier à la tête des troupes? Puis on m'a dit, ma bonne mère, que vous l'aviez arrachée à la fureur des Visigoths devant le temple de Jupiter-Tonnant!... Après... qu'est-il arrivé? dites-moi toute la vérité : je ne sais que des nouvelles décousues et sans suite.

L'ABBESSE. — Je puis facilement sur cela satisfaire Votre Majesté. Amalaric était sur le point d'exposer cette pauvre enfant aux flèches des Français quand ceux-ci ont monté à l'assaut...

CLOTILDE. — Sainte croix de Dieu !

L'ABBESSE. — Les soldats visigoths chargés de faire sortir Anaïs par la porte d'Airain l'ont rapportée à cette tour sur le fatal instrument de son supplice comme sur un trône de gloire. Il y a bien eu des obstacles à surmonter, principalement sur les boulevards d'Arius ; mais, avec l'aide de Dieu, tout s'est passé heureusement : Anaïs vous sera rendue, je le promets. Auparavant il faut que je vide dans votre cœur le grand secret qui m'agite et qui me tourmente. Mon Dieu,... comment dire?...

CLOTILDE. — Tendre amie, ne me laissez pas voir dans le fond de votre ame... Un pressentiment irrésistible me dit que la clé mystérieuse de vos secrets m'ouvrirait un abîme... Vos douces promesses m'ont donné le bonheur. Laissez-moi jouir un peu plus de cette délectable illusion. Mon ignorance est cause de ma félicité.

L'Abbesse. — Ce n'est pas à une déception que je prépare Votre Majesté. Quand la lumière jaillira de mes lèvres, vous serez rayonnante de la plus vive allégresse : je vous ai vue, auguste reine, supporter l'infortune et les ignominies : j'ai peur de vous voir succomber sous l'abondance des consolations; et voilà ce qui tient ma langue comme enchaînée.

CLOTILDE.

*Air n° 7.*

Que puis-je rendre à cette bonne mère
Pour la payer du bien qu'elle m'a fait ?
Tous les trésors que recèle la terre
Seraient pour elle un hommage imparfait. *(Bis.)*
Du bon Dieu seul elle attend sa couronne,
Et rien d'humain ne captive son cœur.
Fumée, encens, tout ce qu'un monde donne
N'est rien auprès du suprême bonheur !
    Que puis-je rendre,.. etc.

L'Abbesse ( après quelque hésitation ). — Est-il vrai que vous ayez une sœur qui, toute jeunette encore, abandonna la cour pour se faire religieuse à Saint-Pierre-le-Vif?

Clotilde —Hélas! oui: que n'ai-je imité son exemple! Eh bien?

L'Abbesse. — Je suis là pour vous apprendre enfin que votre sœur a quitté le cloître.

Clotilde. — Ma sœur? eh bien !

L'Abbesse. — Elle a suivi l'armée de Childebert depuis les monts d'Auvergne jusqu'aux frontières de la Septimanie; ensuite, Dieu aidant, elle s'est introduite dans Narbonne pour venir à votre secours.

Clotilde. —Comment! quoi? Ma sœur !... et où donc est-elle!...

(L'abbesse tire son voile.)

Clotilde. — Oh Dieu! quel est cet œil qui me fouille jusqu'au fond des entrailles!

L'ABBESSE.— Clotilde, tu ne me reconnais pas? Je suis ta sœur de Saint-Pierre-le-Vif!

CLOTILDE. — Ma sœur Théodechilde!... Ah! c'est elle... Je vois tout, je comprends tout... (Les deux filles de Clovis se serrent tendrement.)

ULTROGOTTE. — Eh bien, nobles baronnes, eussions-nous jamais pensé que cette vénérable abbesse fût la sœur de notre reine?

GAZETTA. — Qui l'aurait deviné!

CLOTILDE. — Anaïs vit-elle encore?

L'ABBESSE. — Eh! oui,... chère incrédule; oui,... elle vit!...

CLOTILDE. — Tu as bien tardé à te faire connaître!

L'ABBESSE. — Je ne le pouvais plus tôt... la prudence...

CLOTILDE. — Qui t'a accompagnée?

L'ABBESSE. — Mon bon ange gardien...

CLOTILDE. — Hélas! depuis trois lustres que je ne t'avais vue, je croyais que tu m'avais abandonnée.

L'ABBESSE. — Moi t'oublier dans le malheur! dans le danger de perdre ta foi! Oh non! Le monde ne connaît point le vrai sens de la consécration religieuse. Entrer dans un couvent c'est entrer au service de Dieu et du prochain.

GAZETTA. — Vénérable mère, vous nous édifiez toutes par votre sublime comportement!

CLODOSINDE. — Recevez nos excuses.

ULTROGOTTE.— Et faites que nous trouvions grâce aux yeux du vainqueur.

GAZETTA. — Nous et nos familles désolées.

JOHANNA. — I la pobre senora Alpaida! o piedad, piedad!

CLOTILDE. — Calmez votre esprit, mes bonnes dames, il ne sera fait tort à aucun.

L'ABBESSE. — Non, pas même à M^{me} Alpaïde, notre *intime* ennemie : je viens de la tranquilliser à l'instant même. Les in-tentions de Childebert me sont connues. La clémence royale va être publiée à son de trompe et de buccine, tous les fiefs seront respectés, les personnes aussi. Pardon et oubli après la victoire : c'est la devise du guerrier chrétien.

### CHOEUR. — *Air n° 8.*

Aux cris séditieux, au tumulte, à la guerre,
Va succéder la paix, douce fille du ciel.
 Puisse enfin la prière
 S'élever de la terre
 Libre vers l'Eternel! *(Bis.)*

CLOTILDE. — Ma bonne Théodechilde, tu ne m'as pas trompée sur le compte d'Anaïs? Je te crois incapable...

L'ABBESSE. — De faire un mensonge... Oui, la Providence nous rendra Anaïs.

CLOTILDE. — Ce matin encore elle a prié pour sa tante de St-Pierre-le-Vif; elle ne te savait pas aussi près.

L'ABBESSE. — Je me suis fait connaître.

CLOTILDE. — Quoi! elle sait donc?

L'ABBESSE. — Oui.....

# SCÈNE VIII.

## CLOTILDE, L'ABBESSE, GAZETTA, ULTROGOTTE, CLODOSINDE, EDA, JOHANNA, ANAIS.

ANAÏS. — Descendez; vite, vite... Eh bien! ma tante, quand je vous le disais!... *(Elle va se jeter dans les bras de Clotilde : les deux filles de Clovis se la disputent.)* Le bon Dieu a gagné notre cause, voyez!...

CLOTILDE *(tenant Anaïs embrassée).* — On m'arracherait plutôt la vie!... Savez-vous, chère ange?...

ANAÏS. — Oui, je sais... c'est ma tante de St-Pierre-le-Vif: sans elle on m'aurait passée dix fois par les armes.

CLOTILDE. — Que lui rendrons-nous ?

ANAÏS. — Aimons-la tant que nous pourrons.

L'ABBESSE. — J'accepte de grand cœur ce tribut de votre amour. Dites-moi, bonne fillette, il me semble que, d'après nos conventions, vous eussiez dû paraître ici un peu plus tôt : que faisiez-vous ?

ANAÏS. — Parbleu ! j'étais avec mon père !..... Il fallait bien l'embrasser deux ou trois fois au moins !.....

L'ABBESSE. — Comment déjà !... votre auguste père a déjà fait son entrée ?..

ANAÏS. — Sans doute ! il nous attend dans la salle des Justiciers. Figurez-vous que, si je ne m'y fusse opposée, nous aurions là une longue procession d'hommes. Tous les ducs voulaient monter ici pour vous chercher : « Preux chevaliers, leur ai-je dit, c'est moi qui vais vous amener la reine des Visigoths ». Ces braves seigneurs insistaient : « Laissez-lui ce plaisir », leur a dit mon puissant père... Zest ! je me suis envolée à tire d'aile, et me voilà. Allons, mes bonnes tantes, l'orage est passé : courons au devant de Childebert.

### CHOEUR FINAL. — *Air n° 8.*

Offrons nos chants d'amour au Dieu de l'innocence,
Qui tire ses enfants de la captivité.
    Qu'il protège la France !
    Qu'il soit notre espérance
    Et notre liberté !

### FIN.

LIMOGES. — IMPRIMERIE DE CHAPOULAUD FRÈRES.

www.ingramcontent.com/pod-product-compliance
Lightning Source LLC
Chambersburg PA
CBHW072300210626
46818CB00017B/1874